Dedicatoria

A Paula Lucía y Marcelo Adrián: que las realidades de esta historia sean atesoradas en su corazón.

Giancarlo Montemayor

A mis cuatro hijos: descanso en que Aquel que guió mis manos para dibujar, los guiará hacia la Ciudad Celestial.

Aixa de López

El progreso del peregrino
Copyright © 2023 por John Bunyan
Todos los derechos reservados.
Derechos internacionales registrados.

B&H Publishing Group
Brentwood, TN 37027

Adaptación: Giancarlo Montemayor
Diseño de portada: B&H Español y Aixa de López
Clasificación Decimal Dewey: C248.82
Clasifíquese: VIDA CRISTIANA / VIDA ESPIRITUAL / PEREGRINOS Y PEREGRINACIONES

ISBN: 978-1-0877-5852-7
Impreso en China
1 2 3 4 5 * 26 25 24 23

EL PROGRESO DEL
peregrino

niños
Brentwood TN

«¡Qué pesado está!», se dijo a sí mismo
Peregrino, con voz cansada y mirando el
bulto que llevaba en su espalda.

«¡Es que ya no puedo más!», dijo otra
vez. «Pero nunca volvería atrás. La
Ciudad de la Destrucción es mucho más
terrible que el camino que me espera».

Peregrino huía hacia la Ciudad Celestial
porque… ¡la Ciudad de la Destrucción
iba a ser destruida!

Por más que Peregrino intentó advertir a todos los habitantes de la Ciudad de la Destrucción, nadie le hizo caso. Ni sus vecinos, ni sus amigos, ¡ni siquiera su familia! Es más, hasta le dijeron que estaba loco.

Cansado y un poco confundido por no saber qué camino tomar, Peregrino se recostó sobre un árbol y abrió el libro que llevaba en su mano.

De pronto, un gentil hombre
llamado Evangelista se le acercó.

—¿Por qué lloras? —preguntó Evangelista.
—Este libro me dice que voy a morir, y no
quiero morir —contestó Peregrino.
—Mira tu libro de nuevo —dijo
Evangelista—.
En él dice que sigas el camino
hacia aquella puerta, llamada
«la puerta estrecha».

—Yo
tengo la
llave. Toma.

Esta llave
puede abrir
cualquier puerta. Cuando
llegues allá, se te dirá cómo
puedes escapar de la muerte.

—Pero no veo la puerta, señor —contestó Peregrino.
—¿Ves la luz arriba de ella? —preguntó Evangelista.

—¡La veo!
—gritó Peregrino, y se echó a correr sin volver atrás.

Pero alguien corrió
todavía más rápido. ¡Era su amigo
Flexible!

—¡Peregrino! ¡Por fin te encuentro! —
dijo Flexible, muy cansado—.

Tu familia me ha enviado a buscarte.
¡Por favor, regresa! Todos te
extrañamos, y el mismo príncipe de la
Ciudad de la Destrucción ha
preguntado por ti.

—¡Flexible, qué bueno verte! —dijo
Peregrino—. Pero, verás, no puedo regresar.
Mi libro advierte sobre un terrible juicio que
vendrá sobre la Ciudad de la Destrucción.

—¿Un juicio? —preguntó sorprendido
Flexible— ¡Qué espantoso! ¿Y qué más dice
tu libro, Peregrino?

—Mi libro habla sobre una ciudad celestial.
Una ciudad donde ya no hay llanto ni dolor.
A los que lleguen allí ¡se les dará una corona
de justicia y vida eterna!

—¡Qué genial! ¡Yo voy contigo, entonces! —dijo emocionado Flexible—. ¡Hay que ir de prisa, Peregrino! ¡Vamos, más rápido! ¡Tenemos que llegar a esa ciudad de la que habla tu libro!

—Espera, Flexible —dijo Peregrino con voz pausada—. Recuerda que llevo esta gran carga en mi espalda. Además, debemos tener cuidado de las trampas del príncipe de este mund...

No había terminado de hablar cuando… ¡WAP!, cayeron en el Pantano del Desánimo.

—¡Peregrino, me ahogo,
me ahogo! —gritó asustado
Flexible. Pero logró tomarse de
una rama y pudo salir.

—¡¿Esta es la ciudad donde
no hay dolor?! —gritó enojado
Flexible— ¡Qué va! Yo me voy
de regreso, Peregrino. A ver
cómo te las arreglas.

—¡Espera, no te vayas! —gritó apenas
Peregrino, pues el pantano casi lo cubría
por completo—. ¡Auxilio, auxilio! —
logró exclamar antes de terminar de
sumergirse. En eso, un hombre lo tomó
y lo arrastró hacia la superficie.

—Llamaste mi nombre —dijo un
hombre llamado Auxilio—. Muchos han
quedado atrapados en este pantano, pero
tú has salido y falta poco para llegar a
la puerta que te mencionó Evangelista.
¡Ánimo, Peregrino!

Aunque solo ya, Peregrino continuó su
camino de buen ánimo.

No muy lejos, le salió al encuentro un
hombre llamado Sabio Mundano, quien
tenía un aspecto muy refinado.

—Amigo mío,
¿adónde vas con esa
carga tan pesada? —preguntó
curioso.

—Sí que es pesada —
respondió Peregrino—,
pero me dirijo a la puerta
angosta, donde me indicó
mi amigo Evangelista.

—¡Charlatanerías! Si sigues
ese camino que tu amigo te
dijo, sufrirás toda clase de
males —le advirtió furioso el
señor Mundano.

Peregrino se quedó pensando
un momento y contestó:

—La carga que llevo es tan
grande, señor Mundano,
que con gusto enfrentaré
cualquier tipo de penalidad,
si al final me deshago de ella.

—Bueno, por lo menos permíteme decirte adónde ir —dijo Sabio Mundano—. En aquella colina de allá vive el señor Legalidad, en el pueblo de Moralidad. Debes ir a verlo, Peregrino. Él te ayudará con tu carga.

Peregrino pensó que Sabio Mundano en realidad
quería ayudarlo y se dirigió a la colina. Pero la colina
era tan cuesta arriba que la carga cada vez le pesaba
más, y llegó a pensar que iba a caer y morir en el
barranco.

De pronto, Evangelista se acercó de lejos, y solo
bastó verlo venir para que Peregrino se echara a
llorar avergonzado.

—Has pecado, Peregrino —dijo triste
Evangelista—, pero puedes regresar a
la puerta. El portero te recibirá, porque
es bueno en gran manera. Solamente ten
cuidado y no te extravíes de nuevo.

Arrepentido y resuelto a no escuchar más
a Sabio Mundano, Peregrino siguió el
camino a la puerta estrecha.

Peregrino se puso en marcha a buen paso y sin hablar con nadie, ni contestar preguntas que le hacían en el camino.

Después de un largo tiempo, Peregrino llegó a la puerta. Un letrero sobre ella decía: «Llama y se te abrirá».

Así, Peregrino llamó varias veces diciendo: —¿Puedo entrar? Soy un miserable pecador, pero no dejaré de cantar alabanzas eternas si me abren.

Al fin, un hombre llamado Buena Voluntad
vino a la puerta y preguntó: —¿Quién está allí?
¿Qué desea?

—Mi amigo Evangelista me ha enviado, señor
—dijo temeroso Peregrino.

--Evange… ¡CLARO! —se acordó Buena
Voluntad—. Pasa, hombre, pasa.

Del otro lado de la puerta, seguía el camino,
y Buena Voluntad puso la mano sobre el
hombro de Peregrino.

–Por este camino has de seguir, y es tan
recto como una regla.

Peregrino se preguntó si acaso Buena
Voluntad le quitaría su carga.

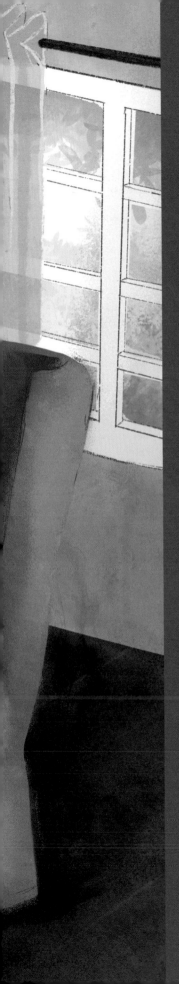

—Con respecto a tu carga —dijo Buena
Voluntad—, debes seguir con ella hasta
llegar al lugar de alivio; pues se caerá de
tus hombros por sí misma. A poca distancia
de aquí está la casa del Sr. Intérprete —lo
animó Buena Voluntad–. Él te enseñará
muchas cosas buenas de tu libro.

Peregrino siguió su camino hasta que llegó a la casa de Intérprete.

—Señor —lo saludó Peregrino—, el portero de este camino me dijo que usted me enseñaría cosas buenas para mi viaje.

—Por supuesto, amigo —respondió el Sr. Intérprete. Pasa ahora y te mostraré cosas que te gustarán mucho.

Después de mostrarle muchas cosas, Intérprete llevó a Peregrino a un cuarto viejo y sucio.

—Toma esa escoba y barre el piso — le dijo Intérprete a Peregrino.

Apenas dio el primer
escobazo y…

—¡Achú, achú!— estornudó
Peregrino por el mucho polvo
que se había levantado.

Intérprete tomó una cubeta de
agua y roció el piso.

—¡Ahora puedes barrer sin problema! Lo que
quiero que entiendas, Peregrino, es que nosotros
a veces intentamos barrer los pecados de
nuestra vida, pero solo empeoramos las cosas.
Necesitamos que las aguas del Espíritu Santo nos
permitan barrer nuestro pecado
—explicó Intérprete.

Peregrino quedó muy entusiasmado con todas las
cosas que aprendió con el Sr. Intérprete, y ahora
estaba listo para seguir avanzando en su camino.

Después de lo aprendido con el Sr. Intérprete, Peregrino pasó por un camino entre dos murallas llamadas Salvación. Se sentía algo apretado, pero marchaba apresurado y sin detenerse.

Entonces, Peregrino llegó a una gran montaña. En la cima, había una cruz, y un poco más abajo, una tumba.

Al llegar a la cruz, ¡BLOP, BLOP, BLOP!, la carga de
Peregrino se soltó de sus hombros y se fue rodando
hasta caer en la tumba, y no la vio nunca más.

—¡Qué alegría! ¡Viva! —gritó Peregrino dando saltos.

Todavía estaba saltando Peregrino, cuando
tres hombres resplandecientes se le
acercaron, y uno le dijo: «Tu nombre ya no
será Peregrino, sino Cristiano, porque tus
pecados han sido perdonados».

El segundo hombre le quitó sus ropajes
viejos y le dio unos nuevos, y el tercero le
entregó un rollo sellado que debía guardar
hasta llegar a su destino.

Peregrino guardó cuidadosamente el rollo
en sus ropajes nuevos y, llorando de alegría,
emprendió de nuevo su marcha.

Ya no Peregrino, sino Cristiano, continuó su viaje hacia la Ciudad Celestial.

—¡Eh, eh! —gritó Cristiano a un joven que vio delante a lo lejos—. Espera y andaremos juntos en el camino.

Se trataba de Fiel, un joven que se dirigía también a la Ciudad Celestial. Cristiano lo alcanzó y pronto se hicieron buenos amigos, de esos que son más unidos que hermanos.

—Me siento honrado, querido hermano Fiel —
dijo Cristiano— de haberte alcanzado y de que
Dios nos haya puesto juntos en este camino.

¡Amén! —exclamó Fiel—.
¡Este camino no es
para andar solo!

En el camino se toparon con Opinado, un hombre
alto y delgado a quien le encantaba opinar.

El Señor Opinado tenía opiniones de todo y
le gustaba discutir temas de Dios, porque le
encantaba escuchar su propia voz.

¡Qué jactancia tenía Opinado! ¡Con qué
orgullo y soberbia se inflaba como un
pavo al hablar!

Fiel pensaba que Opinado era muy
inteligente y que sería provechoso
discutir con él, pero Cristiano sabía
que decir y hacer son dos cosas muy
distintas, por lo que animó a Fiel a que
siguieran solos, con un corazón sincero
a la Ciudad Celestial.

Tan pronto se despidieron de Opinado,
se les acercó un viejo amigo.

—¡Evangelista! —gritó Cristiano.

—¡Qué bueno verte, amigo!
—dijo Fiel.

—Que la paz de Dios esté con ustedes, amados hermanos —respondió afectuoso Evangelista—.

He venido a recordarles que delante de ustedes los espera la corona en la Ciudad Celestial, así que no dejen que nada de este mundo los engañe.

Cristiano le dio las gracias por su exhortación
y le pidió que los animará más con palabras
del Libro, y así anduvieron hasta que partió
Evangelista al atardecer.

¡Qué buen amigo es Evangelista!, ¿no es así,
Cristiano? —dijo fascinado Fiel.

—Sí que lo es. Sus palabras son un regalo
que nos ayudará a enfrentar las pruebas —
respondió Cristiano.

Entrada la noche, llegaron a un pueblo llamado
Vanidad, el cual celebraba una feria llamada la
feria de la Vanidad, que dura todo el año. En
esta feria, se festejaban cosas malvadas como
engaños de todo tipo, y el príncipe de la ciudad
era un hombre horroroso.

Pero no había vuelta atrás. El camino a la
Ciudad Celestial pasaba precisamente por medio
de este pueblo.

Al ver que no eran de por ahí, un par de
pueblerinos les preguntaron con un tono poco
amistoso: «¿Qué quieren comprar?».

—¿Comprar? —se preguntaron Fiel y Cristiano.

—Compramos la verdad —dijo Fiel—. No
queremos oro ni cosas que nos pesen en el camino.

—¿Y qué camino es ese? —le preguntaron.

—Es el camino hacia la Gran Ciudad;
la Ciudad Celestial.

—¡Son personas del Libro! —dijeron en voz alta
para que todos escucharan y se burlaran.

—¡Aquí no queremos gente como ustedes! —
exclamó todo el pueblo.

—¡Sí! Métanlos a la cárcel! —gritaron otros.

Cuando el príncipe se enteró de esto, mandó que
Fiel y Cristiano fueran enviados a la cárcel y que
se deshicieran de ellos.

Esa noche, mientras estaban en su celda, Cristiano
y Fiel compartieron sus últimos momentos juntos.

Cristiano logró escapar de la cárcel entre lágrimas
por lo que le había pasado a su amigo.

Aun así, Cristiano sabía que vería a Fiel pronto
en la Ciudad Celestial, por lo que recobró ánimo
y siguió su camino con su Libro en la mano y su
amigo en el corazón.

Al salir de la Feria de las Vanidades, Cristiano
encontró a un hombre llamado Esperanzado, ¡un
nuevo amigo que lo acompañaría en su camino!

Tras haber viajado un par de días por senderos
muy tranquilos, Cristiano y Esperanzado entraron
a buscar comida al Castillo de la Duda, donde
vivía un gigante llamado Desesperación.

—¡Por haber entrado a mi Castillo, ahora
son mis prisioncros! —gritó cl gigante y
los mandó al calabozo del castillo, el cual
olía terrible, como a personas que no se
bañan en mucho tiempo.

¡Cómo podía ser! Solo buscaban
algo de comer y ahora estaban en la
oscuridad del calabozo.

—¡La llave! —dijo animado Cristiano, como si
hubiera recordado algo—. ¡La llave de la promesa
puede abrir cualquier puerta!

Así, mientras los guardias del castillo dormían, Cristiano y Esperanzado usaron la llave que les había dado Evangelista para escapar del castillo.

Tras escapar la noche anterior, Cristiano y Esperanzado llegaron a un precioso lugar con frutas y flores, leche y miel, donde reposaron en el campamento de los pastores. Estos pastores eran guardianes y guías, verdaderos amigos y buenos consejeros.

—¡Bienvenidos! —dijeron los pastores—. Nuestros nombres
son Conocimiento, Vigilante, Experiencia y Sincero. Esta es
la tierra de Emanuel.

—¿La tierra de Emanuel? —preguntó
Esperanzado—. Seguramente
estamos muy cerca de la Ciudad
Celestial entonces.

—Seguro que sí, amigo
—contestó feliz
Conocimiento—.
Muéstrales, Sincero.

Sincero tomó un anteojo y les mostró la puerta
de la Ciudad Celestial a lo lejos.

—¡Guau! —dijeron ambos—. ¡Sí que es
hermosa, y es solo la puerta!

—¡Vamos, Cristiano, debemos irnos! —dijo
con emoción Esperanzado, y se fueron casi sin
despedirse de los pastores por la prisa.

—¡Hasta luego, pastores! —les gritaron
mientras avanzaban por el camino.

Unos días más tarde, y tras haber pasado por más caminos difíciles, finalmente Cristiano y Esperanzado llegaron a la gran puerta de la Ciudad Celestial, pero antes había un río profundo, ¡y no había puente para cruzarlo!

—¿No hay otro camino para cruzarlo? —preguntó Cristiano a Esperanzado.

—Me temo que no, Cristiano, pero ten ánimo y toma mi mano. ¡Ya estamos muy cerca!

Esperanzado entró muy tranquilo, mientras que
Cristiano tenía mucho miedo.

—¡Ten fe, Cristiano! —dijo una vez más
Esperanzado—. Recuerda que tu Libro
dice que Dios estará contigo cuando pases
por las aguas.

La profundidad del río iba disminuyendo
y pronto encontraron terreno donde
pararse, y salieron victoriosos.

Cuando se iban acercando a la puerta, les apareció
una multitud de ángeles, que les preguntaron:
«¿Quiénes son y de dónde vienen?».

Cristiano y Esperanzado
quedaron boquiabiertos
sin poder decir ni una sola
palabra, pero en eso, un viejo
amigo salió al encuentro.

—Son hombres que han amado a
nuestro Señor cuando estaban en
el mundo y lo han dejado todo
por venir a la Ciudad Celestial
—dijo Evangelista.

Al oir esto, los músicos del Rey entonaron con sus
instrumentos dulces melodías y cantos muy alegres.

Era la marcha triunfal más hermosa que Cristiano
había visto jamás.

En la entrada de la Ciudad Celestial, había un letrero
grabado en oro que decía:

«MUY FELICES SON LOS QUE GUARDAN SUS MANDAMIENTOS, PARA QUE ENTREN POR LAS PUERTAS DE LA CIUDAD».

Y así, a Cristiano y Esperanzado les dieron la
bienvenida a la gran ciudad, que brillaba como el sol.

Allí se encontraron con mucha gente que los recibió con
gozo. Ese mismo día, los vistieron con ropajes blancos y
una corona, y luego el Rey mismo los invitó a cenar a su
gran banquete, donde también, con una gran sonrisa, los
esperaba Fiel.

FIN

Glosario para los padres

Esta historia ficticia clásica de Juan Bunyan ha bendecido a miles de personas por siglos, pero me llena de gozo poder presentarles esta obra adaptada para niños pequeños, para que puedan entender el mensaje central de Dios: el rescate de pecadores para llevarlos a la Ciudad Celestial.

Como parte de la instrucción a los más pequeños, me propuse elaborar un pequeño glosario para profundizar más en el significado de algunas alegorías y personajes en la historia de Bunyan:

- **Peregrino:** aquel que viaja sin hogar fijo en este mundo. Los creyentes somos llamados a ser extranjeros y peregrinos en este mundo (1 Ped. 2:11).

- **La carga de Peregrino:** representa el pecado que cargamos en nuestra vida. Al ser enfrentados con la realidad del evangelio, dicha carga se hace más pesada y dura de llevar. La Biblia nos dice que el precio de esa carga es la muerte y que necesitamos un Salvador que nos despoje de ella (Rom. 3:23).

- **Cristiano:** la nueva identidad de Peregrino, al igual que la de todo aquel que es unido a Cristo por la fe (2 Cor. 5:17).

- **La Ciudad de la Destrucción:** lugar donde nace Peregrino y de donde huye tras leer su Biblia. En las Escrituras, al mundo se lo conoce como un lugar corrompido a causa del pecado, y un lugar al que le espera juicio y destrucción (Mat. 6:19).

- **La Ciudad Celestial:** el destino del creyente después de la muerte; una ciudad resplandeciente, sin pecado, temor, ni muerte. El lugar donde la presencia de Dios mora con Su pueblo sin interrupción (Apoc. 21).

- **El Pantano de la Desesperación:** el pantano representa las pruebas que vienen a la vida del cristiano, donde la fe es probada. En él, Flexible probó que estaba en el camino solo por conveniencia, pero la fe de Peregrino permaneció firme. Así, todo el que sigue a Cristo pasará por pruebas difíciles para producir fruto (Sant. 1:3-5).

- **Sr. Sabio Mundano:** el que tentó a Peregrino para tomar un atajo a la Ciudad Celestial, a través de la moralidad. En la Biblia, Pablo nos advierte que la sabiduría de Dios es muy diferente a la del mundo, pues el mensaje de la cruz es locura para los que se pierden (Col. 2:8).

- **Evangelista:** es aquel quien comparte primero las buenas nuevas del evangelio a Peregrino. Dios usa instrumentos humanos para compartir sus Buenas Nuevas. Evangelista representa a esa persona que nos compartió el evangelio y nos acompaña como un amigo por el camino de la vida (Isa. 52:7).

- **Fiel:** el amigo incansable de Cristiano representa a todos esos compañeros de viaje que nos acompañan en nuestro andar como creyentes. Como Fiel, estos hombres y mujeres son un regalo inmerecido de Dios para compartir las penas y completar nuestro gozo (Gál. 6:2).

- **Flexible:** aquel que empezó la carrera bien, pero regresó a su antigua vida apenas hubo problemas. Flexible es como la semilla en la parábola del sembrador, la cual cayó entre pedregales; parece dar fruto, pero no tiene raíz y se ahoga.

- **Intérprete:** aquel que ayuda a Cristiano a entender y a aplicar las Escrituras. La Biblia los llama maestros y pastores, quienes son encomendados por Dios para llevar a las ovejas de Dios a un mejor entendimiento (Ef. 4:11).

- **Castillo de la Duda:** el lugar donde Cristiano y Esperanzado son encarcelados por el gigante. Este castillo y gigante representan las muchas pruebas donde somos tentados a dudar de las promesas de Dios. En la historia, es la misma llave del evangelio la que los libera de sus calabozos. Los cristianos debemos ser sobrios y no escuchar las voces de incredulidad que nos engañan (Heb. 3:12).

- **El príncipe de la Feria de la Vanidad:** a Satanás se lo conoce como el «príncipe de este mundo» (Juan 12:31) ya que representa al líder del reino opuesto a la Ciudad Celestial. La Biblia nos advierte que este príncipe es el enemigo de nuestras almas, pero que Jesús ya lo derrotó en la cruz (Col. 2:15).

- **La llave de la promesa:** es el evangelio, las buenas nuevas que Evangelista le comparte a Fiel para sustentarlo en su camino como cristiano. Esa llave le recuerda las promesas a Cristiano cuando estaba atrapado, y es la misma llave que abre las puertas de la Ciudad Celestial (2 Ped. 1:4).

- **La gran montaña con la cruz:** este es el punto en la historia donde Peregrino se vuelve Cristiano, al poner sus ojos en Jesús, quien se entregó por sus pecados. Es ahí donde la carga que llevaba en su espalda cae, ya que Jesús la llevó sobre Sus hombros y pagó por ella. Lo mismo sucede con todo aquel que cree en Jesús como su Señor y Salvador (1 Ped. 2:24).